---O. PINCHART

INSTITUTEUR ADJOINT

La Patrie

*Dédié aux enfants des écoles
de France.*

« Si je retirais de moi-même l'amour
du sol natal, le long souvenir de mes ancê-
tres… si l'oubli se faisait en moi de nos
douleurs nationales, vraiment je ne saurais
plus ce que je suis ni ce que je fais en ce
monde. Je perdrais la principale raison
de vivre. »

Ernest LAVISSE,
de l'Académie Française.

PARIS

SOCIÉTÉ FRANÇAISE D'IMPRIMERIE ET DE LIBRAIRIE

(ANCIENNE LIBRAIRIE LECÈNE, OUDIN ET Cⁱᵉ)

15, RUE DE CLUNY, 15

1908

La Patrie

A.-O. PINCHART

INSTITUTEUR ADJOINT

La Patrie

Dédié aux enfants des écoles
de France.

PARIS

SOCIÉTÉ FRANÇAISE D'IMPRIMERIE ET DE LIBRAIRIE

ANCIENNE LIBRAIRIE LECÈNE, OUDIN ET Cie

15, RUE DE CLUNY, 15

1908

« Si je retirais de moi-même l'amour
du sol natal, le long souvenir des ancê-
tres..... Si l'oubli se faisait en moi de nos
douleurs nationales, vraiment je ne saurais
plus ce que je suis ni ce que je fais en ce
monde. Je perdrais la principale raison
de vivre. »

Ernest Lavisse,
de l'Académie française.

La Patrie

I

Jeunes enfants de France ! O vous qui tout à l'heure
Serez des citoyens dignes de son passé,
Pour suivre le chemin qu'elle vous a tracé,
Vous ne permettrez pas qu'un doute vous effleure.

Des renégats ont dit : — « Qu'elle agonise et meure
La terre où notre père avant nous fut bercé,
Et que son étendard, de fange éclaboussé,
Disparaisse à son tour !.... » — Enfants, la France
[pleure.

Elle pleure tout bas, comme une mère en deuil,
Sur ses fils égarés par un coupable orgueil,
Et qui n'ont plus d'amour en leur âme flétrie.

Puis elle exige, au nom de ses gloires d'antan,
En filiale offrande à l'auguste patrie,
Le don de votre cœur quand vous aurez vingt ans.

II

Enfants ! écoutez bien : — La Patrie est la terre
Où vos aïeux sont morts et dorment pour toujours ;
C'est la maison natale où mourra votre père,
    Où vous mourrez à votre tour.

C'est le frêle berceau dans la chambre bien close ;
Le tic-tac de l'horloge en son cadre de bois ;
La lampe qu'on allume et la table où l'on cause ;
    L'âtre qui flambe aux premiers froids.

C'est, le printemps venu, les portes entr'ouvertes ;
Le courtil entouré d'aubépines en fleurs ;
Les arbres de l'enclos où les cerises vertes
    Rougiront au temps des chaleurs.

C'est le petit village et c'est la ville immense,
La bourgade en la plaine, et c'est partout encor
Où brillent au soleil sur les couleurs de France :
    Honneur, Patrie ! en lettres d'or.

III

C'est le foyer natal ; c'est encor l'héritage
Que les hommes d'hier laissèrent en partage
    Aux hommes qui naîtront un jour.
C'est leur sang généreux qui coule en vos poitrines,
Leur âme sans reproche et leurs nobles doctrines
    De Patriotisme et d'Amour.

Amour de la Justice et de l'Indépendance ;
Besoin de soulager en tous lieux la souffrance,
    De pardonner même aux méchants ;
D'avoir toujours pitié de l'humaine faiblesse,
Et de tendre une main qui relève et caresse
    A ceux qui tombent défaillants.

Amour de l'Idéal qui rend les races belles,
Fait briller les regards et met dans les prunelles
    Un éclair de divinité ;
Orgueil d'être en avant des nations du monde,
Et de jeter partout la semence féconde
    D'où germera la Liberté.

Amour de la Vaillance : au fort de la bataille,
La charge furieuse à travers la mitraille,

Sans faiblir et le front levé.
Enfants ! c'est tout cela que raconte l'Histoire,
Et les peuples, jaloux de notre antique gloire,
Se demandent s'ils ont rêvé.

IV

C'est qu'ils ignorent les murmures
De notre air subtil et léger,
Par les chaumes des moissons mûres,
Et les pampres à vendanger ;
C'est qu'en leurs heures d'allégresse
Ils n'ont jamais goûté l'ivresse
De notre breuvage vermeil ;
Et qu'en leurs régions lointaines,
Ils n'ont point l'eau de nos fontaines,
Ni l'éclat de notre soleil.

C'est qu'ils n'ont point nos bœufs superbes,
De roux ou de blanc revêtus,
Qui paissent dans les hautes herbes,
Près des fermes aux toits pointus ;
Ni les brebis lourdes de laine
Que le berger guide en la plaine,
Par les détours d'un sentier vert ;
Ni les salaisons que l'on fume,
Et dont l'odeur saine parfume
Toutes nos chaumines, l'hiver.

Nous sommes les fils de la terre,
Nous lui devons notre vigueur ;
Le vin qui rougit notre verre
Et réconforte notre cœur ;
Les fruits et le froment de France,
Où nous puisons notre endurance :
Basque, Flamand ou Cévenol ;
Et son climat qu'on nous envie,
Rend plus séduisante la vie
Que nous recevons tous du sol.

V

La Gaule d'autrefois a des mers pour ceinture,
Des mers aux flots changeants à toute heure du jour,
Où de rudes marins s'en vont à l'aventure,
Hardis pour le départ et joyeux au retour.
Le Cotentin se dresse et brave la tempête,
Quand la Manche en fureur déferle avec fracas,
Et la vieille Armorique, à lutter toujours prête,
Oppose aux éléments ses rochers et ses gas.
Mais quand le ciel est pur, sur la lande bretonne
Passe un souffle embaumé par les ajoncs en fleurs,
Qui se disperse au loin, vers la mer qui moutonne,
Pour revenir chargé de salines odeurs,
Quand la brise du soir ramène les pêcheurs.

Parfois, c'est l'Océan qui se couvre de brume,
Et roule lourdement ses tourbillons d'écume

Dans le vacarme sourd de la houle et du vent ;
Pendant que tout là-bas, la Méditerranée
Berce de ses flots bleus la rive fortunée,
Sous la pourpre du soir ou l'or du jour levant.

La Gaule d'autrefois a d'imposantes cimes,
Des gouffres remplis d'ombre, insondables abîmes,
Des glaciers éternels et des neiges sans fin ;
Elle écoute gronder, depuis des millénaires,
Sur ses pics nuageux, ouragans et tonnerres,
Et les torrents mugir aux brèches du ravin.

L'Espagne entend toujours, au fond de la montagne,
Le cor de Roncevaux appeler Charlemagne ;
Et le mont Saint-Bernard garde comme autrefois
Le souvenir du chef aux vastes destinées,
Guidant ses légions, à sa suite entraînées,
Pour conquérir l'Europe et pour vaincre ses rois.

Aux combes du Jura l'eau des sources promène,
Entre les crêts rocheux, son murmure assourdi,
Pour devenir, au gré du courant qui l'entraîne,
Tour à tour lac bleuâtre et limpide fontaine
Où les troupeaux vont boire à l'heure de midi.

Sur les Vosges en deuil, Belfort monte la garde,
Et parfois on dirait que son lion d'airain,
Par delà les ballons et les chaumes regarde
Vers la plaine d'Alsace et le plateau lorrain,
Si l'étendard teuton flotte encor sur le Rhin.

Les Vosges ont aussi des ruisselets sans nombre,
Des lacs couleur de ciel et des herbages verts,
Ét, comme le Jura, des forêts pleines d'ombre,
Où les sapins entre eux se font, dans la nuit sombre,
Le douloureux récit de nos anciens revers.

Des bords de la Garonne aux rives de la Loire,
En la rocheuse Auvergne aux volcans endormis,
D'autres monts ont connu la défaite et la gloire
De Vercingétorix, victime expiatoire,
S'immolant à César pour sauver son pays.

VI

C'était aux jours lointains où les guerriers des Gaules
        S'en allaient au combat, joyeux,
Avec leurs javelots sur leurs rudes épaules,
        Et la bravoure dans les yeux.
Ils juraient, au départ pour les luttes prochaines,
        De mourir ou de vaincre encor ;
Et les druides cueillaient le gui sacré des chênes,
        Du tranchant des faucilles d'or.

Rome est victorieuse ; Alésia s'écroule ;
        Lentement la Gaule s'endort ;

Mais des peuples nouveaux l'envahissent en foule,
    Et la délivrent de la mort.

Les Francs aux cheveux blonds, la moustache tom-
    A coups de hache, avec Clovis,   [bante,
Vont déchaîner la guerre et semer l'épouvante
    Parmi les vainqueurs de jadis.

Sous les brouillards du Nord, le ciel clair de l'Es-
    Et du Danube à l'Océan,   [pagne,
Chevauche un empereur que la force accompagne
    En ses conquêtes de géant.
Charlemagne poursuit la lutte glorieuse,
    Quarante ans, par tous les chemins,
Et quand son bras vieilli laisse tomber « Joyeuse »,
    Les Francs ont vaincu les Romains.

D'autres vont recueillir son arme souveraine,
    Et l'intrépide Du Guesclin
La léguera plus tard à la bonne Lorraine
    Qui rêvait en filant le lin.
L'honneur faisait briller leurs regards sous le heau-
    Et sous l'acier des corselets,   [me ;
Ils juraient en leur cœur de sauver le royaume,
    Et « bouter dehors » les Anglais.

Leur vœu se réalise : un siècle de souffrance,
    Charles sacré, Jeanne au bourreau,

Ont fait s'épanouir sur la terre de France
    Un patriotisme nouveau.
Désormais on vivra sans reproche pour elle,
    Et sans peur, face à l'étranger,
Tous les Bayards mourront comme la pastourelle,
    Pour la défendre ou la venger.

Un siècle de grandeur va dominer l'histoire,
    Et Louis XIV à son tour,
Maître de tous les rois, célèbre sa victoire
    Parmi les splendeurs de sa cour.
Sur le peuple soumis l'astre d'or étincelle ;
    Puis, dès qu'il semble s'assombrir,
Villars sauve à Denain la France qui chancelle,
    Et le « Roi-Soleil » peut mourir.

Mais il entraînera, dans la tombe qui s'ouvre,
    Les fastes de la royauté :
La Révolution gronde aux portes du Louvre,
    Bienfaisante en sa cruauté.
Le canon tonne au loin, la République jette
    Ses volontaires en haillons
Sur les vieux régiments de l'Europe sujette,
    Qui tremblent devant ces lions.

Ils trembleront longtemps : toutes les capitales,
    Impuissantes en leur fureur,
Entendront résonner nos marches triomphales,
    Et verront passer l'Empereur

Suivi de ses grognards aux mains noires de poudre,
    Chassant les rois de leurs palais ;
Quinze ans il réduira les couronnes en poudre,
    Et les monarques en valets.

VII

Paix aux cendres des morts ! La France
A conservé leur souvenir,
Comme un symbobe d'espérance
Et comme un gage d'avenir ;
Mais dans sa foi républicaine,
Elle a voulu bannir la haine
De tous les peuples d'ici-bas,
En montrant que l'homme s'honore
Quand il cherche à grandir encore
Autrement que par les combats.

Face à l'Europe qui contemple
Ses efforts vers plus de bonheur,
Elle offre aux nations l'exemple
De la sagesse et du labeur :
Au grondement de ses usines
Répond le sifflet des machines ;
Et les marins au gouvernail,
Dans la rumeur de leurs sirènes,
S'en vont vers les terres lointaines
Porter les fruits de son travail.

Ainsi qu'une mère s'empresse
Vers les plus faibles de sesfil s,
La France apporte sa caresse
A ceux qu'on oubliait jadis :
Aux vieillards fatigués par l'âge,
Elle accorde comme un hommage
Le doux repos des derniers jours ;
Aux victimes d'une blessure,
Elle dispense avec mesure
Le plus généreux des secours.

A la jeune âme qui s'éveille,
Plus sereine en sa pureté
Qu'un lever d'aurore vermeille,
Elle enseigne encor la Beauté :
Ce qui console ou ce qui charme,
Fait monter aux yeux une larme,
Au cœur, d'harmonieux accents ;
Ce qui fait la raison de vivre :
Tout l'Idéal qui nous enivre,
La France l'offre à ses enfants.

La parole grave ou sévère
Illuminant l'Humanité,
Comme un reflet sur cette terre
De l'éternelle Vérité,
Et que nos aïeux, d'âge en âge,
Nous réservèrent en partage ;

Ces paroles qui font les Forts
Vivent à jamais en ce monde,
Ainsi que leur œuvre féconde :
Les Immortels ce sont les Morts.

*

Ronsard aime le peuple, et le premier réclame
Pitié pour ses douleurs, justice pour son âme ;
Se tourne vers le trône au nom des mécontents,
Et représente au roi les misères du temps.
Pour terminer la guerre, à Catherine il crie :
— « *La France à jointes mains vous en prie et reprie.* »
Puis il enseigne encore à Charles IX enfant
Ce que Devoir ordonne et Sagesse défend.
Au terme de ses jours, quand la mort sommeillère
S'en vient pour tout jamais embrunir sa paupière,
Il s'endort satisfait d'avoir formé sa voix
« *A célébrer l'honneur du langage françois.* »

*
* *

Ronsard s'adresse à l'homme et Corneille à la foule :
Son vers majestueux et grave se déroule
Pour chanter le courage, et mettre dans les cœurs
Ce qui rend les vaincus plus fiers que leurs vain-
[queurs.

Un peuple doit souffrir pour s'élever, — qu'importe !
La souffrance n'est rien quand l'âme reste forte,
Et fidèle au Passé, préparer l'Avenir,
C'est se donner le droit de ne jamais finir.
Pères ! offrez vos fils, au nom du grand Corneille,
Et s'ils doivent mourir, dignes de leurs aïeux,
Dites-leur au départ : — Pour la France qui veille,
« Faites votre devoir et laissez faire aux dieux. »

*
* *

On oubliait parfois au temps de La Fontaine,
        Dans l'enivrement du succès,
        Qu'un soldat et son capitaine,
Le noble qui s'amuse et le manant qui peine,
        Sont l'un et l'autre des Français.
C'est alors qu'au milieu des plaisirs et des fêtes,
        Le Bonhomme vint à son tour,
        Faire entendre aux grands de la cour
        Les naïves leçons des bêtes,
        Et les préceptes de l'amour.

Pour plaire au goût moderne, il montre l'apologue
        Sous un aspect plus séduisant,
        Et le pare du dialogue,
        Afin d'instruire en amusant.
Car instruire est son rêve et le but de sa vie :
Instruire les petits, instruire les puissants ;
Inviter les premiers à mépriser l'envie
Et crier aux seconds : « Soyez compatissants !
Soyez compatissants, dit l'humble solitaire,|
        Car sur la terre,
        Rien n'est certain ;

Le plus grand n'est que feudataire
De l'inexorable Destin.
Mais quand un homme a fait son devoir sans relâche
En ce mortel séjour,
Quels que soient ses talents, sa doctrine ou sa tâche,
Rien ne trouble sa fin, c'est le soir d'un beau jour. »

*
* *

Comme au soleil d'avril s'ouvre la marjolaine,
Pour sourire au printemps sitôt l'hiver défunt ;
Après le grand Corneille et le bon La Fontaine,
Racine fut la fleur, et sa voix le parfum.
Il célébra l'amour des chastes hyménées,
Et pleura sur les cœurs impuissants à choisir,
Pour lutter ici-bas contre leurs destinées,
Entre la raison pure et l'attrait du désir.
Puis quand il eut montré qu'en notre humaine foule
« *Le bonheur des méchants comme un torrent s'écoule* »,
Il s'inclina vers ceux qu'un remords fait souffrir,
Et, découvrant leurs maux, songeait à les guérir.

*
* *

Qu'un mur soit envahi de glycine ou de lierre,
Il est toujours de pierre en dépit du manteau ;
Mettez les cœurs à nu comme l'a fait Molière,
Et vous découvrirez la tare ou le défaut.
Sous le pourpoint brodé, la robe de dentelle,
Les plus humbles habits ou les plus beaux atours,
Vous trouverez parfois Tartuffe ou Sganarelle,
Alceste ou Don Juan, mais un homme toujours.
Pour guérir nos travers avec nos ridicules,
Le Maître a mis pour nous la Sagesse en formules,
Certain que « *la raison fuit toute extrémité,*
Et veut que l'on soit sage avec sobriété ».

C'est encore pour nous que Jean-Jacque et Voltaire,
   L'un par son esprit, l'autre par son cœur,
     Ont fait fleurir sur notre terre
L'amour de la justice et le droit au bonheur.
Hommes par leurs défauts ; ennemis en ce monde,
Mais frères dans un autre, éternel et sans nom ;
La France qui leur doit la Liberté féconde,
     Les réunit au Panthéon.
Et l'on entend parfois sous les voûtes de pierre,
     Dans le silence du tombeau,
Comme un défi moqueur, ou comme une prière :
Le rire de Voltaire et les pleurs de Rousseau.

*
* *

Trois siècles de beauté s'éteindront tout à l'heure
Comme un soleil se couche après le jour fini.
Un flot solitaire et l'océan qui pleure,
Un sépulcre sans nom, une croix — l'infini.
C'est là qu'ira dormir, anéanti de vivre,
Fatigué d'être aimé, rassasié d'orgueil,
Chateaubriand heureux que la mort le délivre,
Et le pays natal recevra son cercueil.
Mais la France à son tour recevra son génie,
Pour le léguer à ceux qui cherchent la Beauté,
Et les conduire encor sur la route bénie,
Toujours vers plus de gloire et d'immortalité.

*
* *

L'abeille, en bourdonnant, dès l'aurore butine
Les suaves nectars pour en faire son miel ;
Et dès ses premiers ans, le divin Lamartine
Pour trouver l'Idéal, le cherche jusqu'au ciel.
Le murmure apaisé des flots sur le rivage,
Les hymnes de bonheur qui ne durent qu'un jour,
Le soupir du vieillard au terme du voyage,
Et les tendres serments de jeunesse et d'amour ;
Les rumeurs de la vie et les plaintes humaines,
Le souffle de l'automne au front noir des cyprès,
S'élèvent jusqu'à lui, vers les hauteurs sereines
Où désormais il plane en l'éternelle paix.

*
**

Hugo ! — L'*enfant sublime* et le vieillard auguste,
Par le monde surpris jeta, quatre-vingts ans,
La parole d'amour qui fait de l'homme un juste,
La parole de paix qui rend les peuples grands.
Mais quand la France, en deuil des gloires de naguère,
Vit succomber ses fils pour venger son honneur ;
Patriote avant tout, Hugo chanta la guerre,
Et Paris se dressa, face à l'envahisseur.
Jours sans pain, nuits sans feu, combats sans déli-
Héroïsme impuissant, inutiles efforts,   [vrance,
Rien n'arrêta Paris de lutter pour la France,
Rien ne troubla la voix qui célébrait nos morts.

VIII

Enfants ! Soyez heureux d'avoir reçu la vie
Sur la terre de France, unique en sa douceur,
Et de grandir encor sous un ciel qu'on envie,
Dans la félicité d'un climat enchanteur.

Soyez fiers du Passé dont l'éternelle histoire
Raconte les exploits d'un peuple valeureux,
Qui préférait mourir que de vivre sans gloire,
Et voulait être fort pour être généreux.

Petits enfants de France ! espoir de la Patrie,
Conservez en vos cœurs son culte pour toujours ;
Et quand vous serez grands, si quelqu'un l'injurie,
Pour adoucir sa peine, offrez-lui votre amour.

Offrez-lui votre amour comme on l'offre à sa mère
Dans un suprême élan, quand on la voit souffrir ;
Et n'oubliez jamais que vous avez sur terre
Une autre mère encor, qui ne peut pas mourir.

3*

La petite Patrie

Le Pays vert : Fourmies

A Monsieur le professeur Raymond.

Rien ne trouble la paix qui s'étend sur la plaine,
A l'heure fugitive où s'achève le jour,
Alors que le soleil attend la nuit prochaine
    Pour s'évanouir à son tour.

Au fond du ciel bleu pâle et vers le couchant rose,
Lentement il décline, éblouissant encor,
Et disparaît enfin dans une apothéose,
    Auréolé de pourpre et d'or.

Mais avant que la brune enveloppe la terre
Et qu'un léger brouillard s'élève sur les eaux ;
Avant que l'angélus égrène sa prière
    Et que s'endorment les oiseaux,

Les derniers feux du jour, languissamment se posent,
Plus calmes vers le soir et plus doux à la fois,
Sur le vert clair des prés que les charmes enclosent,
     Et le vert plus sombre des bois.

Là-bas un toit d'ardoise émerge du feuillage,
Une vitre s'éclaire aux feux de l'horizon;
Puis un ruisseau murmure et berce le bocage
     De sa monotone chanson.

Il coule sinueux à travers la prairie,
Baigne les saules creux aux grisâtres couleurs,
Et sa fraîche senteur d'eau claire se marie
     Au parfum des menthes en fleurs.

Il s'achemine ainsi vers la forêt profonde,
Y pénètre, s'y perd, de même qu'un rêveur
S'égare pour trouver, en s'éloignant du monde,
     La solitude pour son cœur.

Et dans l'ombre où s'agite, au souffle de la brise,
La verte frondaison, plus verte vers le soir,
Une lueur descend, frissonnante, indécise,
     En taches d'or sur le sol noir.

Au versant des coteaux, platanes et grands chênes
Confondent leur feuillage aux reflets si divers,
Et sur les monts brumeux et les riantes plaines
     S'étend l'infinité des verts :

Verts pâles des sommets, parsemés de verts jaunes,
Verts langoureux des soirs, verts tendres des matins ;
Verts glauques des étangs où se mirent les aulnes,
Et verts noirâtres des lointains.

Poitiers. — Société française d'Imprimerie et de Librairie.

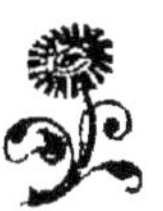